FIESTA U.S.A.

George Ancona

Traducción de Osvaldo Blanco

Lodestar Books

Dutton   Nueva York

Cataloging-in-publication data
disponible a solicitud del interesado

Publicado en Estados Unidos de América por Lodestar Books, filial de Dutton
Children's Books, división de Penguin Books USA, Inc., 375 Hudson Street,
Nueva York, N.Y. 10014

Publicado simultáneamente en Canadá por McClelland & Stewart, Toronto

Editora: Rosemary Brosnan   Diseñador: George Ancona
Traducción: Osvaldo Blanco
Papel picado por Rosa María Calles

Impreso en Hong Kong
Primera Edición   10 9 8 7 6 5 4 3 2 1
ISBN: 0-525-67522-1

Para Trini y Cordy Barnes

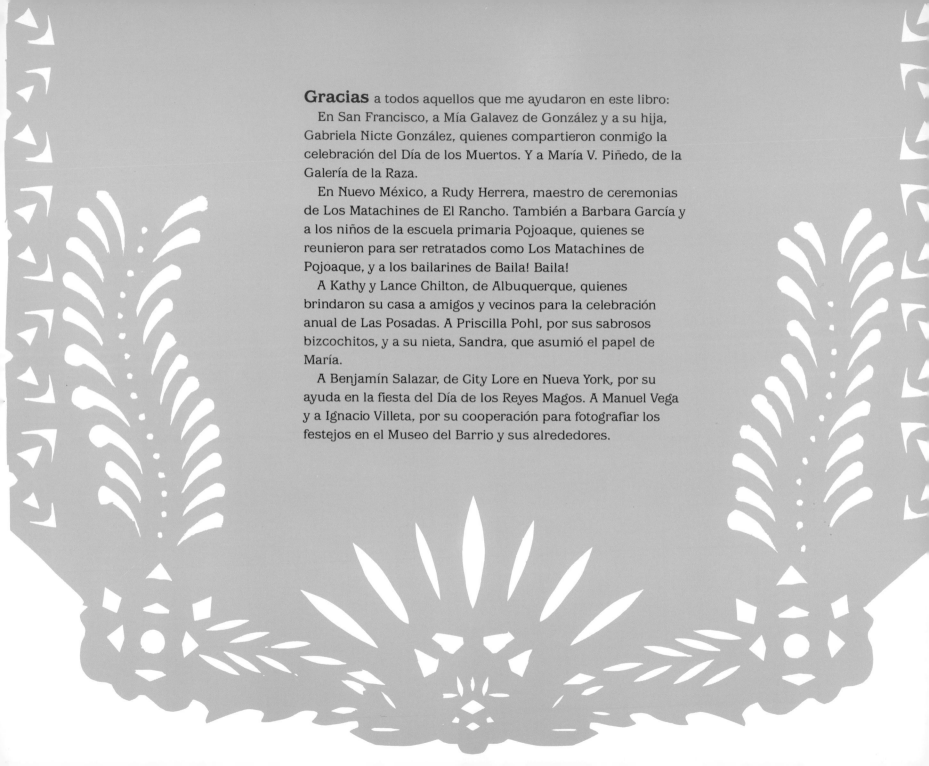

Gracias a todos aquellos que me ayudaron en este libro:

En San Francisco, a Mía Galavez de González y a su hija, Gabriela Nicte González, quienes compartieron conmigo la celebración del Día de los Muertos. Y a María V. Piñedo, de la Galería de la Raza.

En Nuevo México, a Rudy Herrera, maestro de ceremonias de Los Matachines de El Rancho. También a Barbara García y a los niños de la escuela primaria Pojoaque, quienes se reunieron para ser retratados como Los Matachines de Pojoaque, y a los bailarines de Baila! Baila!

A Kathy y Lance Chilton, de Albuquerque, quienes brindaron su casa a amigos y vecinos para la celebración anual de Las Posadas. A Priscilla Pohl, por sus sabrosos bizcochitos, y a su nieta, Sandra, que asumió el papel de María.

A Benjamín Salazar, de City Lore en Nueva York, por su ayuda en la fiesta del Día de los Reyes Magos. A Manuel Vega y a Ignacio Villeta, por su cooperación para fotografiar los festejos en el Museo del Barrio y sus alrededores.

El cambio es constante. Las estaciones cambian, el tiempo cambia, las aves migran, las semillas son llevadas por el viento. Y así mismo ocurre con la gente.

Cuando los latinos dejan su tierra natal para venir a los Estados Unidos, traen con ellos sus costumbres, comidas y fiestas. Cada grupo tiene su propia manera de celebrar los días feriados, que comparten con sus nuevos vecinos. En las fiestas, la comunidad se reúne para conmemorar sucesos importantes, conservar sus tradiciones. . . y divertirse. Para los hijos de inmigrantes, las fiestas ofrecen una oportunidad de experimentar un poco cómo era la vida en el país de origen de sus padres.

Este libro invita a ustedes a compartir cuatro fiestas que los latinos celebran en los Estados Unidos. Bienvenidos y. . . ¡que se diviertan!

En San Francisco, el Barrio está muy agitado. Es el 2 de noviembre, día de los fieles difuntos, más conocido como Día de los Muertos, cuando se honra la memoria de parientes y amigos que han fallecido. Es un día para recordarlos y, también, para celebrar la vida.

Las antiguas civilizaciones de Egipto, Europa y partes de Centroamérica y Norteamérica han celebrado habitualmente festivales anuales para honrar a los difuntos. Actualmente, el Día de los Muertos es celebrado en México, y también en los Estados Unidos por los chicanos. En México, las familias construyen altares en sus hogares y se reúnen después con sus vecinos en el cementerio local para decorar las tumbas familiares. En algunos pueblos, pasan la noche allí disfrutando de comidas típicas al aire libre, cantando, rezando y recordando a los parientes y amigos fallecidos.

Las vitrinas de las tiendas en el Barrio están llenas de esqueletos pintados, cempasúchiles —la flor de los muertos— y panes dulces —el pan de los muertos— horneados especialmente para la celebración. Los niños reciben calaveras de azúcar con sus nombres pintados en ellas.

En sus casas, la gente construye altares donde exhibe fotografías de parientes y amigos difuntos. En el altar, entre las flores y la imagen de la Virgen de Guadalupe, patrona de piel morena de Hispanoamérica, colocan ofrendas de alimentos, juguetes y otros artículos favoritos del muerto. También ponen esqueletos cómicos, vestidos con ropa de uso diario y en poses de quehaceres diarios. En lugares públicos, los artistas crean altares especiales para la fiesta.

Gabriela hizo un altar en su casa para una amiga y parientes que han muerto. En él ha puesto dulces, los juguetes favoritos de su amiga y un mensaje escrito para ella.

Esa noche se llevará a cabo la procesión por las calles del Barrio y Gabriela va a participar, luciendo un tradicional vestido mexicano. Su madre le ata dos grandes moños plateados en sus trenzas de pelo negro y brilloso; luego le pinta de blanco una mitad de la cara para que parezca media calavera.

Gabriela, su mamá y una amiga venden velas a la gente que participará en la procesión. Antes, el Día de los Muertos era celebrado solamente por la comunidad mexicana de San Francisco, pero ahora viene gente de todas partes de la ciudad a participar en la marcha y recordar a sus amigos y seres queridos, muchos de los cuales han muerto de SIDA.

Los músicos empiezan a tocar. Los que han de desfilar encienden sus velas y la procesión se pone en marcha. En la oscuridad de la noche, que se llena de centenares de velas parpadeantes, brillan calaveras y huesos blancos. Los disfrazados que caminan en zancos bailan y tocan instrumentos, mientras junto a ellos se contorsionan los esqueletos. Es un carnaval de gente alegre unida para burlarse de la muerte.

Finalmente, la procesión se detiene frente a un escenario. La gente rodea la plataforma para mirar, aplaudir y acompañar a los músicos, cantantes y bailarines. Un conjunto de bailarines con trajes de brillantes plumas ejecuta danzas aztecas. Y así termina el Día de los Muertos o Día de los Fieles Difuntos, una fiesta que tiene sus raíces en pueblos de la antigüedad y se ha establecido en los Estados Unidos.

**La Navidad se acerca
y las noches de
Nuevo México** se iluminan con la tibia
luz de los farolitos, unas bolsitas de papel
con arena que contienen velas encendidas.
Los pueblos se iluminan con filas de farolitos,
colocados a lo largo de las calles y en los
edificios. En los pueblos del sur del estado,
como Albuquerque, las luces son llamadas
luminarias.

Las procesiones de Las Posadas comienzan
nueve días antes de Navidad. Los participantes
representan a María y José en su búsqueda de
alojamiento en Belén. Algunos barrios llevan a
cabo la fiesta durante las nueve noches, otros
solamente por una noche. En esta posada,
entre los celebrantes hay muchos vecinos que
no son latinos, pero que han adoptado la fiesta
y participan en ella todos los años.

En los hogares, las cocinas se llenan del
dulce olor de la canela y el anís al salir de los
hornos los tradicionales bizcochitos de
Navidad.

Mientras su abuela hornea los bizcochitos,
Sandra, con la ayuda de su mamá, se viste para
el papel de María. Generalmente, los niños
representan a María, José y los pastores que
los acompañaban. Sandra lleva ropa interior
abrigada, suéter y guantes para protegerse de
la fría noche de invierno.

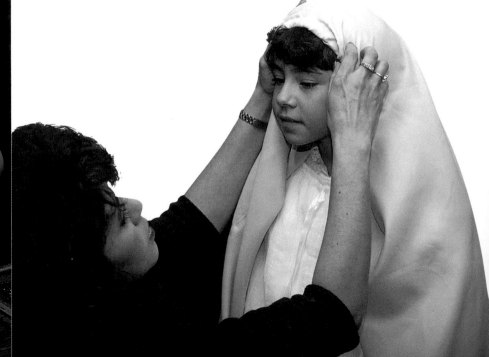

Afuera, los vecinos se reúnen y encienden velas. Todos tienen hojas de papel con la letra de las canciones que cantarán frente a cada casa.

María va montada en un burro mientras José y los pastores caminan a su lado. Los vecinos los acompañan en su recorrido de nueve casas. Un pequeño grupo entra en cada una de ellas, mientras los demás se quedan afuera.

Los de afuera cantan la primera estrofa de la canción:

¿Quién les da posada
a estos peregrinos,
que vienen cansados
de andar los caminos?

Y los de adentro responden:

¿Quién es que la pide?
Yo no la he de dar
si son ladrones
que quieren robar.

En cada casa cantan una petición y una negativa distintas. Este año, José insiste en que es su turno ir montado en el burro, de modo que María tiene que caminar hasta la última casa.

Cuando la procesión llega a la novena casa, los de afuera cantan:

> No tengáis en poco
> esta caridad:
> el Cielo benigno,
> la Reina del Cielo.

Y los de adentro responden:

> Ábranse las puertas,
> rómpanse los velos;
> que viene a posar
> la Reina del Cielo.

Los posaderos cantan: "Entren, santos peregrinos". Entonces la puerta se abre y los cantantes, que tiritan de frío, son invitados a pasar. Una comida improvisada y bandejas de bizcochitos con chocolate caliente los esperan.

Después de cenar, los niños salen al patio a romper la piñata. Todos se turnan tratando de romper con un palo la olla colgante. Por fin, después de un fuerte golpe la piñata estalla, arrojando dulces que los niños corren a recoger. La búsqueda continúa a la luz de las velas hasta encontrar el último de los dulces.

Es tarde, y los padres recogen a sus hijos para regresar a casa. Una vez más, Las Posadas reúne a los vecinos para compartir el calor de la amistad en una fiesta tradicional.

Es el día de Año Nuevo en el pueblito de El Rancho, en el norte de Nuevo México. Por el camino de tierra avanza un grupo de gente disfrazada. A la cabeza marcha un hombre enmascarado con un azote en la mano. Lo llaman el abuelo, y va gritando al público impaciente que la danza de los Matachines está a punto de empezar. El abuelo explica al público:

Se cree que la danza de los Matachines se originó en los tiempos de la invasión de España por los moros, en el siglo ocho. Los españoles la trajeron a los Estados Unidos, pero nadie sabe con certeza cómo se inició esta danza; se ha bailado en los pueblos indígenas e hispanos desde el siglo dieciséis.

Al terminar su introducción, el abuelo chasquea su azote y los músicos empiezan a tocar. La danza comienza con la entrada del bailarín principal, llamado el monarca, a quien acompañan el abuelo, la Malinche, el torito, y los Matachines. Los Matachines representan la llegada a México de Hernán Cortés, el conquistador español de los aztecas. En la mano derecha, los Matachines llevan una maraca y en la izquierda una palma, un abanico de tres puntas que representa la Santísima Trinidad.

El abuelo presenta al monarca una niña vestida de blanco, a quien llaman la Malinche, la princesa azteca que se convirtió al catolicismo y sirvió de intérprete a Cortés. Su danza entre los Matachines representa la llegada del cristianismo al Nuevo Mundo.

Los abuelos actúan como cómicos y se aseguran de que los espectadores participen en la danza; les roban los bolsos, los zapatos. . . y hasta los hijos. La gente estalla en carcajadas viendo al abuelo correr entre los bailarines, perseguido por algún espectador divertido o enfadado. Los concurrentes colocan dinero como ofrenda en la ropa de los bailarines.

Uno de los abuelos trae jalando al torito, que es un niño disfrazado de toro. Los abuelos pican al torito y éste los corre dando cabezadas. La Malinche deja caer un pañuelo que el torito recoge. Ella le quita el pañuelo y los abuelos dominan finalmente al toro.

Otro niño, vestido de monarca, baila junto al grupo. Es un aprendiz que algún día hará el papel del monarca.

A fin de mantener la tradición para la próxima generación, la escuela primaria vecina organiza un grupo de Matachines. Los padres fabrican los trabajados disfraces y enseñan a los niños los pasos de la antigua danza.

Como en el baile de la gente grande, el abuelo se arrodilla para rendir homenaje al monarca. Todos los Matachines se arrodillan también y extienden sus palmas de modo que se toquen entre sí. El monarca conduce a la Malinche mientras bailan sobre las palmas.

En El Rancho, la danza termina cuando los músicos tocan una marcha y los bailarines se van. El público se dispersa para comer, beber y bailar en la fiesta que continúa por el resto del día. También se bailan danzas folklóricas de México. Y así, con la danza de los Matachines, los hispanos del suroeste celebran y mantienen sus tradiciones y creencias.

Es el seis de enero, Día de los Tres Reyes Magos en el Este de Harlem. En el Barrio de la Ciudad de Nueva York, doce días después de la Navidad, se celebra la fiesta de los Reyes Magos, quienes vinieron a traer regalos para el Niño Jesús.

La noche anterior, los niños del Barrio pusieron hierba y agua en una caja de zapatos debajo de sus camas, para los camellos o caballos de los Reyes Magos. Esto es con la esperanza de que los reyes les dejen regalos.

La gran ciudad soporta un intenso frío. No es como en el Caribe tropical, de donde vienen sus familias. Las rachas de viento y nieve enrojecen la nariz y las mejillas. Frente al Museo del Barrio, unos hombres se esfuerzan por montar los muñecos gigantes que representan a los Reyes Magos.

A la vuelta de la esquina, llegan escolares con figuras de cartón de los tres reyes. Bien protegidos contra el frío, los niños llevan coronas de papel y túnicas de ángel sobre sus gorras y abrigos.

Un conjunto musical llamado "El *Funky* Jíbaro" sube a un camión abierto y, mientras cae la nieve, comienza a tocar y cantar canciones puertorriqueñas tradicionales. El camión va calle abajo seguido por la gente de las aceras, que toca maracas y el güiro, y baila alegremente.

Detrás vienen los Reyes Magos —Melchor,
Gaspar y Baltasar—, cada uno de ellos llevando
una caja de regalo. Los siguen grupos de
escolares y muchos van bailando. El desfile
está en marcha.

Las figuras gigantes de los tres reyes se destacan entre los que marchan, quienes empiezan a mojarse con la nieve. Los que miran el desfile desde las aceras, al ver pasar los tres camellos y el burro, exclaman en coro: *"¡Ooooh!"*

Después de un desfile de dos horas por las calles del Barrio, los caminantes regresan al Museo del Barrio. "El *Funky* Jíbaro" toca para los niños y algunos de ellos se lanzan a los pasillos a bailar. Cuando cesa la música, el público guarda silencio para escuchar el cuento de los Reyes Magos.

El cuento dice así.

Había hace mucho, mucho tiempo, tres reyes sabios que en una fría noche de invierno vieron aparecer en el cielo una estrella que brillaba más que ninguna otra. Era el augurio del nacimiento de Jesús. Al primer rey, Melchor, de piel morena, se acercó un ermitaño que le dio oro para llevar al Niño. Al segundo, Baltasar, el rey negro, un ciego le trajo mirra. Y al tercero, Gaspar, de piel blanca, un huérfano le ofreció incienso. Los reyes, montados en camellos ricamente enjaezados, se encontraron en el camino. Siguiendo la estrella llegaron a Belén, donde vieron al Niño recién nacido en un pesebre. Hincándose ante Él, le dieron los regalos.

A su regreso, los reyes fueron visitados por el ermitaño, el ciego y el huérfano, quienes les preguntaron si traían algún regalo para ellos. Milagrosamente, cuando los reyes abrieron sus alforjas hallaron que contenían tres veces más oro, mirra e incienso de lo que habían llevado. Se dice que los tres reyes siguen viajando hoy en día, llevando en sus alforjas regalos para los niños.

Al acabar el cuento, los tres reyes bajan al lugar de la orquesta, que está lleno de juguetes, y dan un regalo a cada uno de los niños. Y así termina otro día de los Reyes Magos en el Barrio.

NOTAS SOBRE EL AUTOR

George Ancona ha escrito e ilustrado más de setenta libros para niños, entre ellos *Pablo Remembers/Pablo Recuerda* y *El Piñatero/The Piñata Maker*. Acerca de *Fiesta U.S.A.*, dice el autor: "Escuché una vez la frase: 'los mexicanos son muy festejeros'. Mis recuerdos de las fiestas y reuniones familiares en México y Nueva York son muy vívidos. En este libro aspiro a compartir con los niños aquellos buenos momentos."

El autor vive en Santa Fe, Nuevo México, con su esposa y el más joven de sus seis hijos.